VELOURION & LAVINIA

Vor einer Nutzung der Texte oder der Abbildungen sind zuvor der Verlag und die Autorin zu fragen.

Der Verlag weist ausdrücklich darauf hin, dass im Text enthaltene externe Links vom Verlag nur bis zum Zeitpunkt der Buchveröffentlichung eingesehen werden konnten. Auf spätere Veränderungen hat der Verlag keinerlei Einfluss.
Eine Haftung des Verlags ist daher ausgeschlossen.

Bibliografische Information der Deutschen Nationalbibliothek: Die Deutsche Nationalbibliothek verzeichnet diese Publikation in der Deutschen Nationalbibliografie; detaillierte bibliografische Daten sind im Internet über dnb.d-nb.de abrufbar.

Dieses Buch ist auch als Ebook erhältlich.

Für Jesus. Für Martin. Für John Keats.

TWENTYSIX – Der Self-Publishing-Verlag
Eine Kooperation zwischen der Verlagsgruppe Random House und BoD – Books on Demand

© 2017 Schmidt, Mel Mae

Herstellung und Verlag:
BoD – Books on Demand, Norderstedt.

ISBN: 9783740730062

Mel Mae Schmidt

Velourion

& Lavinia

Eine Novelle in Reimen

26 | TWENTY SIX

I.

Man schreibt das Jahr 1818 nun,
viele Menschen leben arm und leidend daher,
wenn Mütter und Väter nicht können, müssen Kinder ihre Arbeit tun,
und Krankheiten einen darnieder drücken schwer.

Zu jener Zeit ward eine Jungfrau sechzehn Jahr,
ihre gold´nen langen Haare in Wellen und ihre strahlenden Augen so klar,
ihr Gemüt so rein und fein und süß wie Honig ist,
was jedoch ihr Herzelein so niederdrückt ist, was sie vermisst.

Ihre Eltern noch jung heimgegangen als das Mädchen noch klein,
fortan aufgewachsen bei einer Fremden,
dort sie lebt in qualvoller Pein,
mit der Gewissheit seiend, dass wird nimmer enden.

Die Jungfrau nun, in ihren zarten Jahren,
ihr Name war Lavinia,
ihre Last schwer zu tragen,
und schwer zu sagen, wer sie eigentlich war.

Arm ist sie, dieses schöne Mädchen da,
muss arbeiten seit Kindesbein an ganz hart,
immerzu und immerdar, Jahr um Jahr,
muss auf sich nehmen wer sie ward.

Stiefmütterchens Herz aus Stein ist eisekalt,
voll Hass auf Lavinia, voll Hass auf sie,
übt sie an ihr ihre grausamste Gewalt,
sie hoffte auf vorteilhafte Vermählung bald.

Denn wenn ein junger Edelmanne sie nähme,
so wusste Lavinia gewiss,
so sei die Sicherheit, die käme,
das Einzige, was sie lose riss.

Fort von Stiefmütterchens kaltem Sein,
Lavinias Hoffnung brannte Tag um Tag,
so würde sie flieh'n von dieser Pein,
egal welchen Mann es für sie geben mag.

Noch kennt Lavinia nicht die Freuden,
die die wahre Liebe ihr verleiht,
denn sie möchte keine Chance vergeuden,
die sie aus dieser Gefangenschaft befreit.

II.

Nun eines netten Tages dann,
läuft Lavinia durch die Straßen,
bemerkt sie plötzlich einen Mann,
und freut sich alle Maßen.

Auf den ersten Blick sie nicht bedenkt,
dieser Mann sich nicht Edelmann nennt,
er sie also niemals aus der Gefangenschaft lenkt,
und sie bald durch ihn die wahre Liebe erkennt.

Sie treibt es bunt und folgt ihm nach,
der Jüngling nichts zu merken scheint,
Lavinia so töricht, denkt sich, ach,
und glaubt sie seien bald vereint.

Das Verfolgen endet bei einem Bache,
wo der Jüngling sich zu Boden hockt,
er nicht ahnt, hinter ihm eine Jungfrau wache,
und sich zum Verstecke duckt.

Der Jüngling scheinbar ganz für sich,
hebt einen Stein, wirft ihn in den angrenzenden See,
Lavinia leise, man entdeckt sie nich´,
sieht schüchtern zu, wie ein scheues Reh.

Wie lange sie dort steht und schaut,
sie weiß es nicht,
doch plötzlich knackt ein Ast ganz laut,
der Jüngling fährt herum, entdeckt sie nicht.

Lavinia flink wie eine Maus, rasch hinter einen dicken Baum,
der Jüngling ruft „Hallo, Hallo" und sieht doch keinen,
sieht Lavinia hinterher nur kaum,
was sie glaubt zu meinen:

Der Jüngling fort, Wohin ist er?
Lavinia wundert sich und schaut sich um,
sie wundert sich nun immer mehr,
dann jedoch, jemand räuspert sich, und sie fährt herum.

„Verfolgst du mich? Was willst du hier?",
fragt der Jüngling hart,
Lavinia stottert, „ich beobachte ein Tier",
der Jüngling kratzt sich den winzigen Bart.

III.

Lange sieht der Jüngling Lavinia an,
lange grübelt er nach über sie,
Lavinia hält seinen Blicken stand wie ein starkes Band,
und weiß, er durchschaut mich nie.

„Nun gut", so fängt der Jüngling zu sprechen an,
„ich glaube dir, was du behauptest",
Sein Blick jedoch bleibt weiter an ihr dran,
und Lavinia fragt sich, ob solch unhöfliches Starren erlaubt ist.

Ganz abrupt schritt er davon in Eile,
Lavinia sieht im lange nach,
sie steht noch da, noch eine ganze Weile,
noch lange dort an jenem Bach.

Nur langsam waren ihre Schritte nach Haus,
die Gedanken in ihrem Kopfe fliegen hin und her,
So muss er sein, der Mann, der mir hilft hieraus,
dachte sie bei sich und erfreute sich daran wohl sehr.

Ihr Gemüt ward weiß und klar und so erhellt,
als sie so nach Hause durch die Gässchen schritt,
so mancher dacht´ bei sich, ach, so beseelt,
macht´ die Welt fortan zwischen ihr und sich einen Schnitt.

Als dann daheim Lavinia freudig an ihr Stiefmütterchen tritt,

sofort die alte kalte Mutter sie betrachtet,
als habe diese verlor´n da draußen jeden Anstand und jede Sitt´,
Mutters eiskalte Augen sei als Mord erachtet.

„Ach, Mutter", seufzt Lavinia schwer,
„ich bin so froh und doch durcheinander",
„Das überrascht mich sehr",
die alte Mutter sagt und stopfte ihren Zander.

IV.

„Ich hasse, dich so glücklich zu seh'n",
Lavinia erschrickt und setzt ein anderes Gesichte auf,
„ich wünscht', du würdest endlich auf ewig geh'n",
spricht die Mutter kühl und so nehmen die Dinge ihren Lauf.

„Sag mir doch, was dich so erfreut",
Lavinia ist froh und erzählt nun bereit,
die Mutter hört zu und sinnt Böses ihrer Tochter bläut,
diese bemerkt des Mutters Sinn und sie sofort bereut.

„Soso, es ist also ein Manne", die Mutter spricht,
Lavinia nickt und sagt nun kein Worte mehr,
die Mutter grinst breit und sie ein paar Sätze zischt,
Lavinia fragt nach, doch sie gab nichts mehr her.

Des Abends am Kaminefeuer die Mutter nun strickt,
Lavinia dagegen gedankenverloren die Lektüre studiert,
die Mutter weiß, was sich für ihre Tochter schickt,
und sie plant, schnell ist der Mann aus ihrem Kopfe radiert.

Die Mutter schaut zu wie die Tochter zu lächeln beginnt,
Lavinia im Geiste den Jüngling umarmt,
weiß doch Mütterchen, dass die Zeit schnell verrinnt,
und sich der Manne vielleicht bald Lavinias Herzchen erbarmt.

Die kalte Mutter, Böses im Sinn,

will der Tochter das Herz zerstören,
plant sie doch, deren Tod – ein Gewinn,
nimmer mehr wird man ein weit´res Wort von ihr hören.

V.

Es kam die Nacht in folgender Stund´,
Lavinia fein im Bettchen schlummert,
Mütterchen tritt heran und hört ein Wort aus ihrem Mund,
wie Lavinia leise „Jüngling" wimmert.

Mütterchens Geiste schnell hellwach,
weiß es nun, es ist noch ein junger Mann,
„ich mich am Morgen schnell auf den Wege mach",
dacht´ es und fragt sich nur – bloß wann?

„Ich folge morgen meiner Tochter nach",
so sprach es weiter vor sich her,
„vielleicht find´ ich sie ja dann am Bach",
und weiter denkt sie nichte mehr.

So bricht in vollem Friede an der nächste Morgen,
Lavinia aus dem Bette tritt voller Freude im Herzen,
weiß das Mütterchen, zu dir kommen heut´ Sorgen,
und nach allem wirst du zu Bette geh´n mit Schmerzen.

Lavinia, froh mit beschwingter Seel´,
ahnt nichts weiter was gescheh´n könnt´,
ihr Herzchen hüpft, ei, quietschfidel,
und fragt sich scheu, ob´s ihr gegönnt.

Ohne früh das Mahl zu nehmen,
macht sie sich rasche auf zum Bach,
als könnt´ es keinen weit´ren Tag mehr geben,

ohne zu ahnen, folgt Mütterchen nach.

VI.

Als Lavinia von Fern erblickt die glitzernde See,
erblickt sie schon bald ihren Jüngling darstehen,
leicht wie eine Feder, hübsch wie eine Fee,
möcht sie ihn ewig beobachten, nimmer mehr gehen.

Mütterchens flinke Schuh´ sie tragen schnell wie der Blitz,
huscht rasch hinter einen dicken Baume,
als Lavinia es knacken hört, ist´s nur ein Witz,
und betrachtet des Kleides Saume.

Eingerissen ist nun dieses,
ist sie wohl zu schnell gerannt,
wenn Mutter es wüsst, gibt´s wohl Fieses,
doch das, das wohl ist bekannt.

Lavinia nur Augen für ihren Jüngling hat,
die Mutter schaut genauestens zu,
nimmer hat Lavinia diesen süßen Anblick satt,
und die kalte Mutter bald ihre Ruh´.

Bald darauf geht der Jüngling fort,
Lavinia folgt ihm raschen Schrittes nach,
die Mutter tut es ihr gleich ohne jedes Wort,
gehen fort, fort von jenem Bach.

Wohin er nur geht,
dacht´ sich Lavinia dann,
es bläst ein Wind, er weht, er weht,

Lavinia läuft, immer näher ran.

Kurz danach steht der Jüngling stocksteif da,
Lavinia tut´s auch und geht ins Versteck,
der Jüngling dreht sich herum und sucht, wer da war,
merkt niemanden, läuft in jede Eck´.

Er dacht´ bei sich, ich hab da was gehört,
wie verfolgt kommt er sich vor so allein,
lang´ steht er dann da und fühlt sich zermürbt,
ich dacht´ ich werd´ verfolgt, das kann doch nicht sein!

VII.

Das Mütterchen sieht zu, hat Böses im Sinn,
Lavinia nur hat den Jüngling im Blick,
der Jüngling trotzig läuft zu einem Steine hin,
läuft zu ihm und schießt ihn fort mit einem Kick.

Lavinia entfernt den Jüngling bewundert,
dieser bekommt davon nichts mit,
er nur dasteht und sich rechte wundert,
und nicht mal ahnt wie sehr Lavinia durch ihn litt.

Stumm und leise starrt sie ihn an,
bewundernd und heimlich leidend steht sie da,
fragt sich scheu, wie sie näher an ihn herankommen kann,
fühlt sich klein und einsam, wie das Kind, das sie einst war.

Sie dachte nach, fragte sich selbst nach dem nächsten Schritt,
nicht wissend, das Mütterchen sich gehässig ans Werke macht,
der Jüngling ging fort, Lavinia schrie innerlich „so nimm mich mit",
und Mütterchen hinter'm Baume leise lacht.

Ich arme Seel, so arm, so arm,
denkt Lavinia und sieht im hinterher,
wenn ich ihn seh´, wird mein Herz so warm,
sie sieht ihm nach und ihr Herz wird so schwer.

Schnell läuft Mütterchen dem Jüngling nach,
dieser läuft weiter und weiter,
er läuft in eine kleine Stube, ach,
des Mütterchens´ böses Herz wird heiter.

VIII.

Arm ist er auch, so denkt sie sofort,
reibt gehässig sich die Hände,
bald ist's vollbracht, vollbracht dieser Mord,
bald hat all das ein jähes Ende.

Wissend nun, wo der Jüngling wohnt,
die Mutter rasch hastet nach Haus,
denkend, dass all das sich sehr lohnt,
sich lohnt, denn bald ist es ja aus.

Lavinia daheim sitzt leidend am Tisch,
Mütterchen tröstet sie fein,
dass dieser Manne sie liebte nich´,
und Lavinia soll lassen es sein.

Diese jedoch springt rasend vom Hocker,
schreit, sie höre niemals auf,
sie sieht all das nunmal nicht ganz so locker,
und sprintet erregt die Treppe hinauf.

Im Zimmer dann liegt sie weinend im Bett,
sie möchte nur noch weinen,
neben ihr der Kater fett,
liegt er gemütlich gehüllt in Leinen.

„Was soll ich tun? Sag es mir",
so fleht sie an den Kater,
kein Wort kam aus dem Mund, dem Tier,
sucht Hilfe wie bei´m Pater.

So lag sie da, Stund´ um Stund´ im Bette,
heulte sich die Augen rot,
die sie sonst nur durch die Mutter hätte,
und sie wünschte dich auf der Stelle tot.

IX.

In der Nacht dann die Idee,
Lavinia schießt vom Schlafe hoch,
ich schreib ihm Briefe, die nehm´ ich mit wenn ich zum Bache geh´,
denkt sie und im Nu füllt sich das schwarze tiefe Loch.

Sie beginnt zu schreiben sofort,
beichtet darin ihre tiefe Bewunderung,
wird ihm nachher folgen zu jenem Ort,
an dem Ort seines Lebens, seiner Behausung.

Am Morgen liegt der Brief bereit zum Verschenken,
mit Gedanken voll Liebe wandert Lavinia zum See,
ach, Herz, was wird er wohl von mir denken,
dieser Gedanke tut ihrer Seele wohl weh.

Lavinia wie die Tage zuvor entdeckt den Jüngling direkt,
ein Lächeln ziert ihr Antlitz in jenem Moment,
rasch flitzt sie zurück, sich wieder versteckt,
wie soll ich´s anfangen, ob er mich erkennt?

Minuten verstreichen und Lavinia bemerkt ihre Mutter nicht,
bereit zum Angriff hockt sie im Busche,
Lavinia genießt den Blick auf den Jüngling, die süße Sicht,
ei, wenn ich einfach zu ihm husche?

Als er schließlich den Heimweg antritt,

Lavinia und Mütterchen eilen ihm nach,
gefolgt von beiden Schritt um Schritt,
weg von jenem stillen Bach.

X.

Ei, wie schön ist doch sein Häuschen,
denkt Lavinia sofort bei ihm daheim,
steht versteckt davor wie ein kleines Mäuschen,
und wünscht sich zu ihm hinein.

Nicht weit entfernt steht Mutter ebenso versteckt,
Lavinia nichtsahnend den Brief an seine Türe gelehnt,
rasch verschwindet sie ums nächste Eck´,
wünscht eine Antwort, heiß ersehnt.

Sobald Lavinia ums Eck´ verschwunden,
eilt die Mutter zu der Türe,
ehe der Jüngling öffnet unverwunden,
der Brief ist dann längst nicht mehr hier.

Leise lachend nimmt die Mutter den Brief dann hinfort,
nur Böses im Kopfe, nur Böses im Herz,
weg nimmt sie den Brief von jenem Ort,
diese Tat verbirgt keinen Schmerz.

Sie eilt nun hinter einen dicken Busch,
sie setzt sich hinein und beginnt zu lesen,
viel Liebesgeschwülst dringt ihr entgegen, dieser Pfusch,
viel Dummes sie liest, nichts davon ab sofort nie wahr gewesen.

Lavinia zur selben Zeit hüpft fröhlich nach Haus,
ahnt nichts vom bösen Tun ihrer Mutter,
weiß nicht, dass sie nahm selbst den Brief zum Lesen

raus,
und denkt weiter, alles ist in Butter.

Mütterchen und sie leben ohne jedes Wort,
nach Tagen für Lavinia noch keine Antwort da,
der Tag naht, der Tag mit Mord,
Lavinia glaubt, das alles ist nicht wahr.

Warum denn keine Antwort?, denkt sie besorgt bei sich,
Lavinias Seel´ ist panisch, ihr Herz, ja, das zerbricht,
hat er den Brief erhalten, oder etwa nich´?,
Nach all den vielen Tagen ist eine Antwort nicht in Sicht.

XI.

Voll Trauer denkt Lavinia über ihr Tu´n nach,
glaubt, es war falsch von ihr,
alles falsch seit jenem Tach´,
wär´ das alles richtig, wär´ sein Brief jetzt hier.

Doch beenden will sie all das nicht,
vielleicht wird ein anderer Brief ihn erreichen,
dann klappt´s vielleicht dieses Mal, eine Antwort wär´ in Sicht,
es würd´ sein Herz erweichen.

So fing sie sogleich einen neuen Briefe an,
gefüllt mit vielen lieben Worten,
ein neuer Brief den ich abfangen kann,
denkt Mutter so und begänne diese dann zu horten.

Sodann am nächsten Morgen das selbe Spiel erneut,
hüpft Lavinia wieder froh nach Haus,
Mutter´s böses Herz erfreut,
schon bald, schon bald ist alles aus.

Denn zart und klein ist des Tochters´ Seel´,
ein kleiner Riss und sie wird sterben,
denkt die Mutter, macht keinen Hehl,
dass dieser junge Mann dann niemals mehr wird um sie werben.

Mütterchen steckt auch diesen Brief voll von Bösem in ihre Tasche,

freut sich auf die Pein, ihre Tochter muss leiden,
steckt ihn sogleich hinein in die erste Lasche,
denn der Jüngling wird Lavinia weiter meiden.

Ohne Lavinia zu kennen und ohne ein kleines Wort,
muss der Jüngling bleiben ohne Wissen,
muss er bleiben ohne Gedanken an sie immerfort,
niemals, niemals wird er fühlen wie sie, niemals sie vermissen.

XII.

Auch jetzt erreichen Lavinia keine Buchstaben aus Tinte,
auch jetzt kein einziges Wort,
dacht´ schon es sei nur eine Finte,
langsam begann also der Seelenmord.

Mütterchens Plan langsam Gestalt annimmt,
Lavinia blind glaubt an ihr großes Glück,
merkt nicht, wie ihr Leben langsam zwischen den Fingern verrinnt,
wie es verschwindet und niemals mehr kehrt zurück.

Monatelang schon dreht sich das Spiel im Kreis,
Lavinia schreibt Briefe, die Mutter nimmt sie fort,
monatelang gibt es für den Jüngling ein Mädchen, wovon dieser nichts weiß,
niemals ahnt er was, sagte niemals ein Wort.

Als eines Tages Mütterchens Weg zum Bache hin führt,
steht erneut der Jüngling dort,
schritt näher heran, als habe er´s gespürt,
dreht sich um und erschrickt sofort.

„Erschricke nicht, ich tue dir nichts!", piepst das kleine Mütterlein,
der Jüngling schaut dieses skeptisch an,
ihre Augen verdecken die Lüge so fein,
sodass sie zieht ihn in ihren Bann.

„Was willst du von mir?", fragt der Jüngling dann,

erwartet nichts Besonderes, auch einerlei,
was diese alte Frau ihm sagen kann,
und was dies auch immer sei.

Die alte Frau grinst breit und zwinkert mit den Augen schön,
der Jüngling versteht die Welt nicht mehr,
fragt sich, wann wird sie wohl wieder geh´n,
und will doch wissen was sie will, so sehr.

XIII.

„Nun sprich", fordert der junge Mann mit Ungeduld,
das Mütterlein schaut ihn herausfordernd an,
was sie ihm offenbaren will gleicht einer großen Schuld,
und begann zu sprechen ehe sie sich's eines Besseren belehrt:

„Nun, mein Jüngling", so fängt es an,
„ich kenn´ da ein Geheimnis fein",
der Jüngling nicht genug gereizt davon, ach nein,
und ahnt nicht was noch kommen kann.

„Es ist meine Stieftochter Lavinia, sie ist grad sechzehn Jahr´,
sie verliebte sich in dich und stellt dir heimlich nach,
sie verfiel dir sofort als sie dich sah,
als sie dich sah an diesem Bach."

Der Jüngling erschrickt und weiß nichts zu sagen,
„Deine Tochter verfiel mir sofort als sie mich sah?"
Das Mütterlein nickte und wollte es wagen,
ihm die Wahrheit sagen, wie diese eigentlich nicht war.

„Ich muss dich jedoch vor ihr warnen", so sprach sie zu ihm im Bösen,
„sie ist ein böses Mädchen, unrein und sehr besessen",
ich will den Kontakt zu ihm schnell lösen,
und auch, soll er sie vergessen.

„Meinst du das Mädchen, was ich einste hier traf?",

der Jüngling erinnert sich sofort,
„wenn sie achso besessen, warum sie alleine hinausgehen darf?",
fragt er skeptisch und wartete auf ihr Wort.

Das Mütterchen grinste, hatte sie doch alles durchdacht,
„nun, mein kleiner Bengel, es geht rauf und runter, du verstehst?"
Der Jüngling blieb skeptisch, als das Mütterlein lacht,
und sagt „ich will, dass du gehst!"

XIV.

Bald darauf erscheint Lavinia am See,
die Mutter rasch in ein Verstecke hüpft,
der Jüngling verwirrt, will dem Mädchen nicht tun weh,
will zerreißen die Bande, die sie bereits geknüpft.

Falls all das wahr,
was Mütterchen gesagt,
bleibt er nicht länger da,
will keine Besessene, er sofort verzagt.

Was sein Herz fühlt kann er nicht sagen,
glaubt, er wolle sie nie auf Erden,
hat keine Lust, es doch noch zu wagen,
will niemals ihr Ehemann werden.

Scheu tritt Lavinia näher an ihn heran,
lächelt beschämt und wird ganz verlegen,
weiß nicht so recht, wie sie anfangen kann,
ihm zu sagen, dass sich täglich mehr Gefühle für ihn regen.

Der Jüngling weiß nicht mehr ein noch aus,
rennt davon ohne ein Wort,
Lavinia erschrickt und fühlt sich kleiner als eine Laus,
ein weiterer Schritt zum Seelenmord.

Daheim sie sitzt ganz traurig am Boden, weint,
das Mütterchen lacht in sich hinein,
weiß sie denn nicht, dass ich bin ihr Feind?,

denkt Mutter und tröstet sie fein.

Das hässliche Lachen der Mutter im Herzen verstummt,
als Lavinia sagt, sie will nicht mehr leben,
leise, ganz leise, der Sensenmann summt,
tut langsam ihr Grabe ausheben.

XV.

Tief im Herzen spürt nun der Jüngling ein Beben,
was er bei Gedanken an das Mädchen verspürt,
langsam doch sich Liebesstränge weben,
sein Herz nach Langem hat sich gerührt.

Doch die Worte vom Mütterleine wiegen noch schwer,
was soll er jetzt nur tun?,
er wiegt das Für und Wieder hin und her,
was bliebe übrig nun?

Zur Frau kann er das Mädchen niemals nehmen,
das ist wohl sternenklar,
sich seiner Besessenheit zu schämen,
ist nichts was zu tun nun war.

Ein Kind des Teufels wollte er nicht,
braucht eh´ ein Edelweibe,
dies war zu tun aus seiner Sicht,
weg von mir, Weib, weg von meinem Leibe!

Selbst wenn es ginge, wir sind doch beide arm,
so denkt der Jüngling lang darüber nach,
sein Herz das ist so warm,
und bleibt des Nachts hellwach.

Ein Edelweibe das steht mir offen,
muss zur Gemahlin nehmen sie,
auch will ich für Lavinia hoffen,
dass sie mich vergesse nie.

So nehm´ ich an, die meine Wahl,
der Jüngling sich entschied,
muss nehmen eine andere, ich werde ihr Gemahl,
so will es die Gesellschaft, die ich bisher so mied.

Vergib mir, o Lavinia, dass ich deiner Mutter glaub´,
doch sie möcht´ ja nur das Beste für dich,
bevor ich dir das Herzchen raub´,
und was and´res denk ich mir nich´.

XVI.

Lavinia daheim so traurig und allein,
die Mutter im Bösen so froh,
Töchterchen möcht´ gern bei ihrem Jüngling sein,
Mütterlein hofft nach ihrer Tat zu verschwinden, nur so.

Nach Wochen wagt sich Lavinia wieder an den Bach,
wo nun niemand mehr sitzt,
Lavinia hofft, es ist nur ein böser Traum und hofft, sie würde wach,
sie würde rasch erwachen und vor Angst im Traume erhitzt.

Ohne Glauben steht sie da, starrt hinaus auf die See,
hofft auf sein Kommen, hofft so auf ihn,
doch wartet dort bloß ein kleines Reh,
welch´ Anblick hätt´ ihr sonst Ruh´ verlieh´n.

Vor Kummer und Leid verschwimmt ihr am See die Welt,
möcht´ nie mehr atmen, nie, nie mehr,
da ihre Welt in tausend Stücke zerfällt,
hängt sie an dieser nimmer mehr so sehr.

Des nachts sie keinen Schlaf mehr findet,
die Liebe gräbt sich viel zu tief,
niemand, der ihr Leide lindert,
niemand, der sie beim Namen rief.

Sein Bild sie immerzu vor Auge hat,

nicht ein Sekündlein ohne ihn,
sie ihn für immer in ihrem Herzen hat,
für immer wird ihm ihr Herzchen glüh´n.

„O Jüngling", seufzt sie immerzu,
„wenn ich nur deinen Namen wüsst",
seufzt sie und findet keine Ruh´,
„hätt ich dich einmal nur geküsst … "

XVII.

Die Zeit verstreicht und vergeht im Nu,
so oft steht Lavinia am Bache allein,
sie weder am Tag noch bei Nacht findet ihre Ruh´,
sie wünscht, sie könnte bei ihm sein.

Eines Tages die Mutter kommt eilig nach Haus,
verkündet, was mit ihrem Jüngling gescheh´n,
und packt sogleich die Neuigkeiten aus,
dass sie habe ihn und seine Braut geseh´n.

Braut?, denkt Lavinia, ihr Herz zerbricht,
was soll denn das bedeuten?,
„Mutter, nein, sag´ sowas nicht",
und hört fern die Glocken läuten.

Mütterlein lacht, nun ist´s passiert,
dass Töchterchens Herze entzwei,
ihren Liebsten so grausam verliert,
ihr ist´s eh einerlei.

Lavinia in Angst und Panik bricht in Tränen aus,
schreit, heult und fällt zu Boden,
jetzt muss es alles raus,
alles, all die verlogenen Liebesoden.

„Velourion ist ein hübscher Bub´",
sprach Mutter und grinste sie an,
Velourion, dacht´ Lavinia dann und sie ihr Gesichte vergrub,

dacht´ sie, so fängt das Ende an.

Aus ist´s nun, es ist vorbei,
denken beide tief innen drin,
Lavinia zerfällt, Mutter ist´s einerlei,
der Alten ist´s ein Gewinn.

XVIII.

Mitternacht bricht schon herein,
doch Lavinia will nicht ruh´n,
wird sie nun auf ewig einsam sein,
muss weiter Mutters Willen tun.

Auf ewig in Ketten, auf ewig in Not,
so wird es immer bleiben,
so fing es an, so endet es im Tod,
in Leichentücher wird man sie kleiden.

Verheult und traurig sitzt sie da,
ahnt nicht, dass Velourion tut dies auch,
weiß nicht, dass dies eine falsche Hochzeit war,
alles war nur falscher Rauch.

Stärker und stärker naht sich sein Herz nun Lavinia an,
muss leben mit dem reichen Weibe nun,
ahnte nicht, dass er sich bald eines Besseren besann,
muss jetzt sein neues Leben tun.

Hand in Hand mit der falschen zur Frau,
muss er nun das Leben bestreiten,
die Gesellschaft will es, nie wieder Klau,
ab sofort auf schönen Schimmeln reiten.

Hätt´ er nur gewusst, dass Mütterchen log,
wollt´ ihn doch nur täuschen,
dass sie ihn umschwärmte und betrog,
mit betörenden Naturgeräuschen.

Wenn Lavinia nur ahnte was Mütterchen tat,
weshalb Velourion zum Altare schritt,
verstreut hat die Mutter ihre böse Saat,
vom Teufel behütet, dass keiner auf ihr tritt.

So wirft sich Lavinia nachts im Alptraume herum,
findet keine Seelenruh´,
merkt ihr Herz schlagen, bumm bumm bumm,
hofft auf ein Ende im Nu.

XIX.

Als am Morgen das Mütterchen in Lavinias Zimmer tritt,
vernimmt sie kein einziges Klagen,
sieht diese im Blute darliegen, Mütterchen froh, jetzt sind wir quitt,
muss fortan keine Last mehr tragen.

Lavinia hat des nachts sich genommen das Leben,
zu verzweifelt war des Mädchens arme Seel´,
wollt´ nichts anderes als ihrem Erwählten Liebe geben,
doch dies schien wohl zu viel.

Die Nacht lag stumm und finster auf ihr,
kein Schrei aus Verzweiflung und Not,
nahm Lavinia das Messer, stach zu wie ein wildes Tier,
nahm so freudig entgegen aus Gottes Hand den Tod.

Mütterlein besah sich das schaurige Bild was sich ihr bot,
Lavinia eiskalt und weiß, liegt in ihrem Blut,
seit Stunden lag sie da, seit Stunden ist sie tot,
ahnte vor Kummer nicht, was sie da eigentlich tut.

Plötzlich sie entdeckt etwas darliegen neben ihrem Bett,
hebt auf den Brief, öffnet diesen,
kommt ihr eine Idee, garnicht nett,
muss darüber niesen.

Ein Brief an Velourion sie dort fand,
geschrieben von Lavinia des nachts unter Tränen,

Mütterlein wird ihn ihm geben, macht´s ihm bekannt,
er sich wünscht, sich der Zeit zurück zu wähnen.

Sodann eilig das Mütterchen macht sich auf zum ihm,
sofort sie ihn am Bache findet,
rennt sie hastig zu diesem hin,
gibt den Brief, Velourions Frohsinn schwindet.

„Sie ist jetzt tot, mein lieber Junge", Mütterchen sagt dies mit Freuden,
„sie liebte dich sehr, war kerngesund,
sie konnte dich sehr leiden."
Ein Lächeln huscht über ihren Mund.

XX.

Velourion versteht und Tränen füllen seine Augen,
er glaubte einer falschen Schlange,
wollt´ ihm und ihr das Leben aussaugen,
dieser Gedanke machte ihn angst und bange.

Sofort er fühlt sein Herz zerbricht,
muss trauern nun um seinen Schatz,
der Tod sie bedrängte, er wusste es nicht,
hat Freude fortan keinen Platz.

Mütterlein streift durch die Wälder nun fröhlich heim,
kann kaum glauben, was ist Schönes passiert,
vor Frohsinn auf ihren Lippen hängt ein Reim,
sich ihrer Tat bewusst, doch ei, so ungeniert.

Velourion steht am Bach, ach, voller Trauer,
fragt sich, warum denn nur?,
wird auf Mütterlein richtig sauer,
wie auf einen falschen Schwur.

Warte auf mich, ich geh mit dir,
denkt Velourion an sie,
nimmt ein Seil, er findet dort liegen, ehemals zur Zier,
weh vom Mütterchen, hin zu dir.

Am Stricke nun baumelt der schöne Jüngling am See,
heimwärts zu seiner Liebe,
es tut ihm garnicht weh,
all die blutigen Seelenhiebe.

Ob im Himmel oder in der Höll´,
beide sind nun recht vereint,
Velourion den Briefe lässt fallen ins Geröll,
die Liebe der Toten vom Bache beweint.

So hatte Lavinia im Briefe ihr Herz dargelegt,
ihr Herz sie geöffnet, alles was sie bewegt:

Es lag einst mein Herz darnieder,
im Mondeslichte Schein,
es sang voll Trauer Lieder,
es wollte nicht mehr sein.

Voll Kummer und Pein entfremdet so fern,
sang mein Herz so süß und mild,
begann es leis´ zu beten, zu Gott, dem Herrn,
sein Schlagen war laut und wild.
Sehnsucht und Liebe entflammte in dem Herz,
sein Beten eiligst gen Himmel fuhr,
bald wohl erlöst von all dem Schmerz,
hoffend auf Antwort Gottes oder einem Anhören nur.

So saß es da, mein Herz, am Boden,
kleine Tropfen bedeckten bald die Erde,
leise singend alle weltbekannten Liebesoden,
stimmten flüsternd ein die himmlische Herde.

Stunde um Stunde ging bald ins Land,
das Herz so voller Hoffnung im Gebet entbrannt,
zog dieses nun fester, fester am göttlichen Band,
als es sich plötzlich in einem Meer aus Blut wiederfand.

*Mein Herz erschrak und erkannte die Wunde,
unmerklich platzten auf alte Nähte in ihm,
niemandem der Verursacher ereilte diese Kunde,
das Blut das floss, mein Herz konnte nicht flieh'n.*

*Noch inbrünstiger fuhr es fort im Gebet,
es hoffte so sehr, auf IHN, die Erde färbte sich rot,
es verspürte einen Stich, es war zu spät,
aus Rot wurde Weiß und es erkannte, er kam – der Tod.*

*So endete das Leben meines Herzens zu früh,
war es doch so voll von Liebe,
getötet von Hieben anderer Herzen ohne Müh´,
wurde es hinfort gebracht, vom Tod, dem Diebe.*

*Im Mondeslichte Schein hauchte es aus seinen Geist,
erloschen für immer eine helle Flamme,
sein letzter Wille war, dass du weißt:
getötet wurde ich,
getötet von der Kälte der Herzen,
getötet ich, ein junges Herz, getötet ich, ein Lamme ...*

ENDE